Évangile du Trèfle à 4 feuilles

Édité par les Automobiles Brasier

OFFERT
PAR LA SOCIÉTÉ DES
AUTOMOBILES
BRASIER

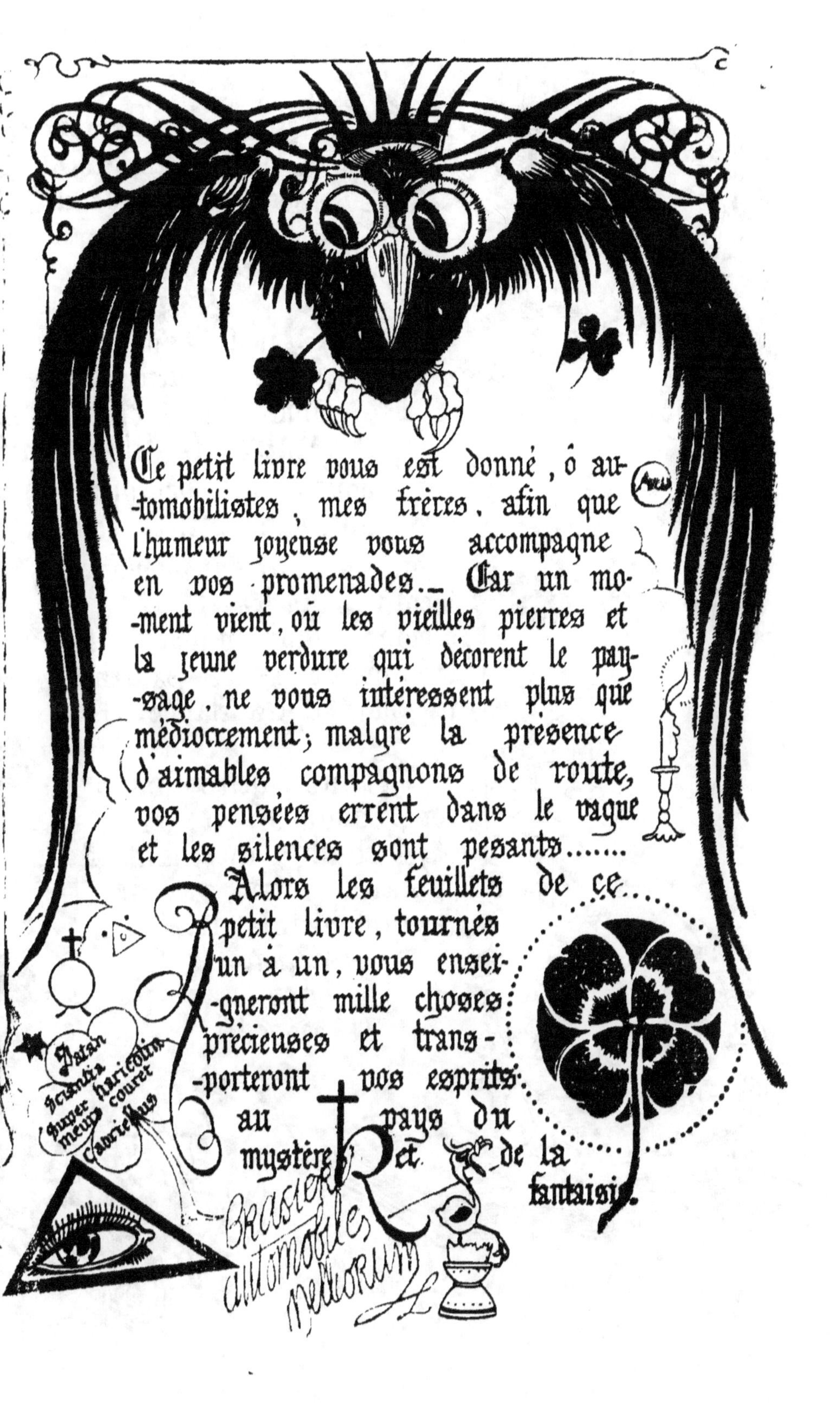

Ce petit livre vous est donné, ô au-
-tomobilistes, mes frères, afin que
l'humeur joyeuse vous accompagne
en vos promenades.— Car un mo-
-ment vient, où les vieilles pierres et
la jeune verdure qui décorent le pay-
-sage, ne vous intéressent plus que
médiocrement; malgré la présence
d'aimables compagnons de route,
vos pensées errent dans le vague
et les silences sont pesants.......
Alors les feuillets de ce
petit livre, tournés
un à un, vous ensei-
-gneront mille choses
précieuses et trans-
-porteront vos esprits
au pays du
mystère et de la
fantaisie.

Icy sont renfermés les sages avis et enseignements, d'utile....... conseil pour ceux qui vo[nt] par les chemins

Savoir Qu'il faut en........ première nécessité se munir du trèfle à ..... quatre feuilles qui est source de bénédiction et très puissant office contre...... tous maux et inconvénients .— diables et________ démons ,— qui peuplent les monts et les vallées, les bois et les étangs.

Tous gens sans foi, envoyés de.......... Belzébuth, cherchant.... à faire périr pauvre automobiliste très....... chrétien qui passe !!!

Évangile
du Trèfle à quatre feuilles

Fait en l'honneur et eraucement de tous ceux qui cheminent,

A été écrit par un qui était sabotier de son état et conteur d'histoires à ses moments perdus

Et édité par les Automobiles Brasier.

Légende du Trèf

Une vieille légende nous rapporte que l'origine des trèfles à quatre feuilles remonte au moyen âge. Dans ce temps, le chevalier Lancelot aimait Guenièvre la fille de son seigneur, et était aimé d'elle, mais cet amour, réprouvé par le père de Guenièvre, obligea le pauvre Lancelot à partir en Palestine dit-on. Ce ne fut que bien plus tard, après que le père de Guenièvre eut rendu son âme au diable, que Lancelot songea au retour. Mais, après un si long temps, il avait oublié la route, il fut guidé vers sa bien aimée par des trèfles à quatre feuilles.

e à 4 feuilles

car, sur le chemin parcouru
autrefois, chacune des larmes
répandues par lui,
avaient fait croî- -tre un trèfle mervei-
-lleux. En souve- -nir de ce miracle d'amour
le trèfle à quatre feuilles croît chaque
année et porte bonheur, Gloire,
Richesse, à qui le
trouve.
Et c'est
pourquoi
la Société
des Automobiles
Brasier
a placé le trèfle à
quatre feuilles à
l'avant de ses
voitures, mettant
ainsi le voyageur
sous l'égide du
Trèfle
symbolique

Présages

AUTOMOBILISTE, passant dans la campagne et les cités, tels sont les heureux ou mauvais présages que t'envoient les esprits qui te protègent.

Si tu souhaites leur accomplissement, ou si tu le veux éviter, invoque le Trèfle à quatre feuilles, afin qu'il t'exauce ou que sa grâce te fasse pardon.

....

Si l'aile de l'hirondelle effleure ta voiture, vois dans la caresse de cette fille du ciel un gage de fidélité de qui tu aimes.

....

Cette fleur du chemin, qui se nomme chemineau, t'annonce la colère d'une jeune femme blonde. ....

L'enfant, au cœur innocent et pur, chantant sur la route, t'assure d'un repas abondant et choisi à la prochaine auberge.

....

Le papier voltigeant autour de ta voiture, par sa persistance à te suivre, te rappelle quelque promesse que tu as faite... sans l'accomplir ; dépêche-toi de la réaliser, pour que ce souvenir ne t'importune plus.

....

A l'approche d'une ville d'eau, ou de ces maisons qui ont nom : Casino (et dans lesquelles les tables sont couleur d'espérance), tu rencontreras parfois un troupeau d'oies ; elles te diront en leur langage :

— N'y va pas, garde ton argent !

....

Cachée sous la mousse et le lierre qui la recouvrent, comme une vieille qui grelotte, tu verras quelquefois une vieille chapelle abandonnée ; ceci t'indique que quelque souvenir de ton enfance, être ou chose, se manifestera à toi.

A ton arrivée dans une ville, si tu ne sais à quelle auberge t'arrêter, joue la première et la seconde auberge à pile ou face... et arrête-toi à la troisième.

....

Un troupeau de moutons, en nombre pair, dit à celui qui le rencontre :
" Méfie-toi du prochain cours d'eau."

....

Le lapin qui t'apparaît sur la lisière du bois, à la tombée du jour, doit te rappeler qu'il en est d'autres qui lui ressemblent comme des frères...

....

La volaille que l'on plume et dont le duvet vole, léger, au gré du vent, te rendra attentif à la note que te présentera le prochain hôtelier.

....

Ce n'est pas d'un œil impavide que tu regarderas une maison en ruine. Songe à ta propre maison qu'on dévalise peut-être.

....

Le cerf que tu rencontres, portant allègrement sa ramure, te fait penser à ton propre front, peut-être semblable au sien. S'il t'importe, veille sans cesse et prie le Trèfle.

....

Bien qu'elle grince sous la bourrasque, la vieille girouette, que tu aperçois sur ce toit, se soumet aux volontés du vent. Accepte aussi le vent, de quelque côté qu'il vienne, mais, crois-moi, fais moins de bruit qu'elle, c'est plus élégant...

....

Passant auprès d'une garde-barrière, regarde bien si elle ne louche pas, car un œil tourné vers l'Orient, annonce querelles et tapage. Prie le Trèfle à quatre feuilles, afin que la paix t'accompagne.

....

Si tu franchis un pont, au-dessus d'une rivière dont le lit est à sec, méfie-toi de voir ainsi, et sous peu, le fond de ta bourse.

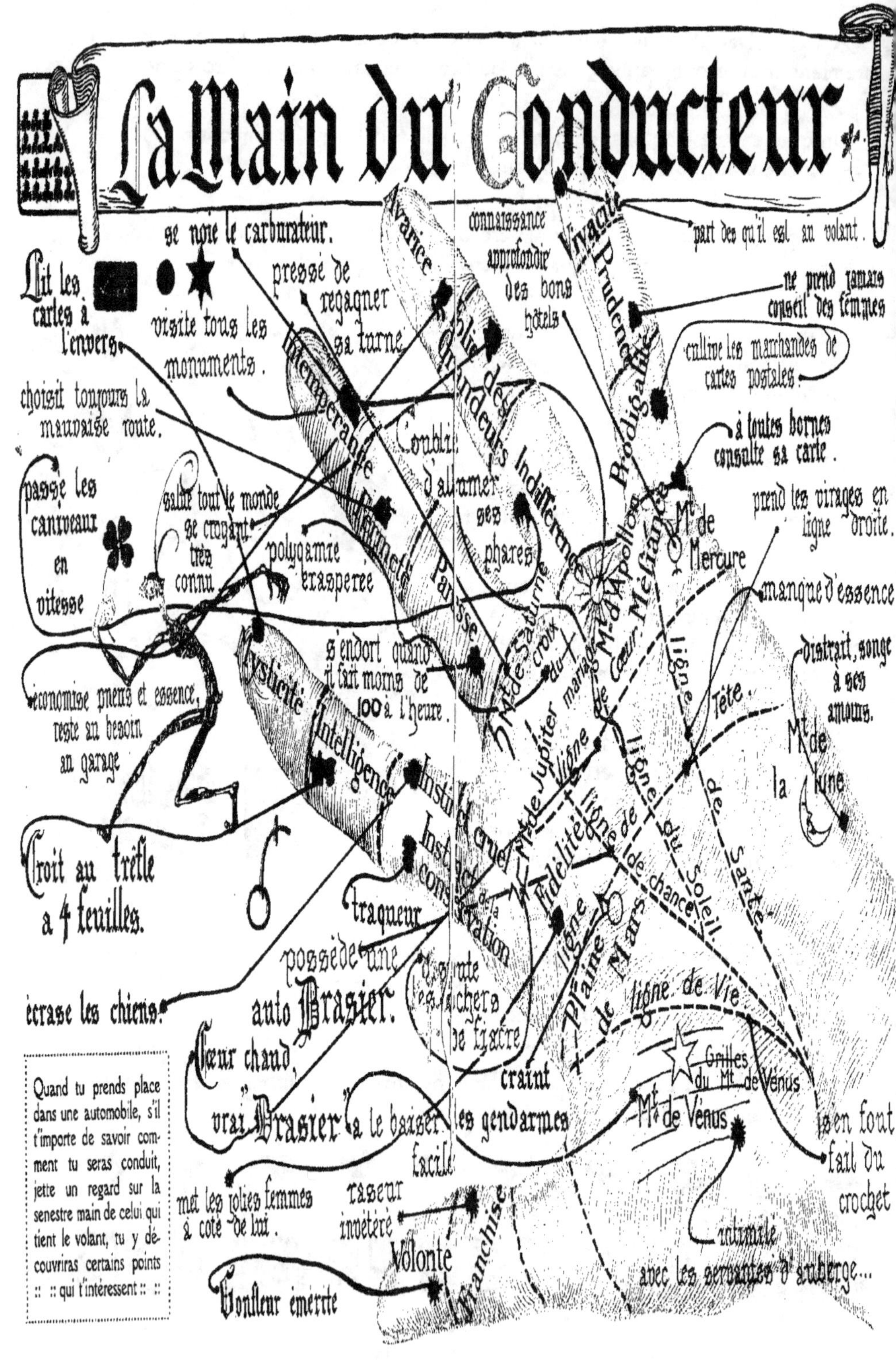

Quand tu prends place dans une automobile, s'il t'importe de savoir comment tu seras conduit, jette un regard sur la senestre main de celui qui tient le volant, tu y découvriras certains points :: :: qui t'intéressent :: ::

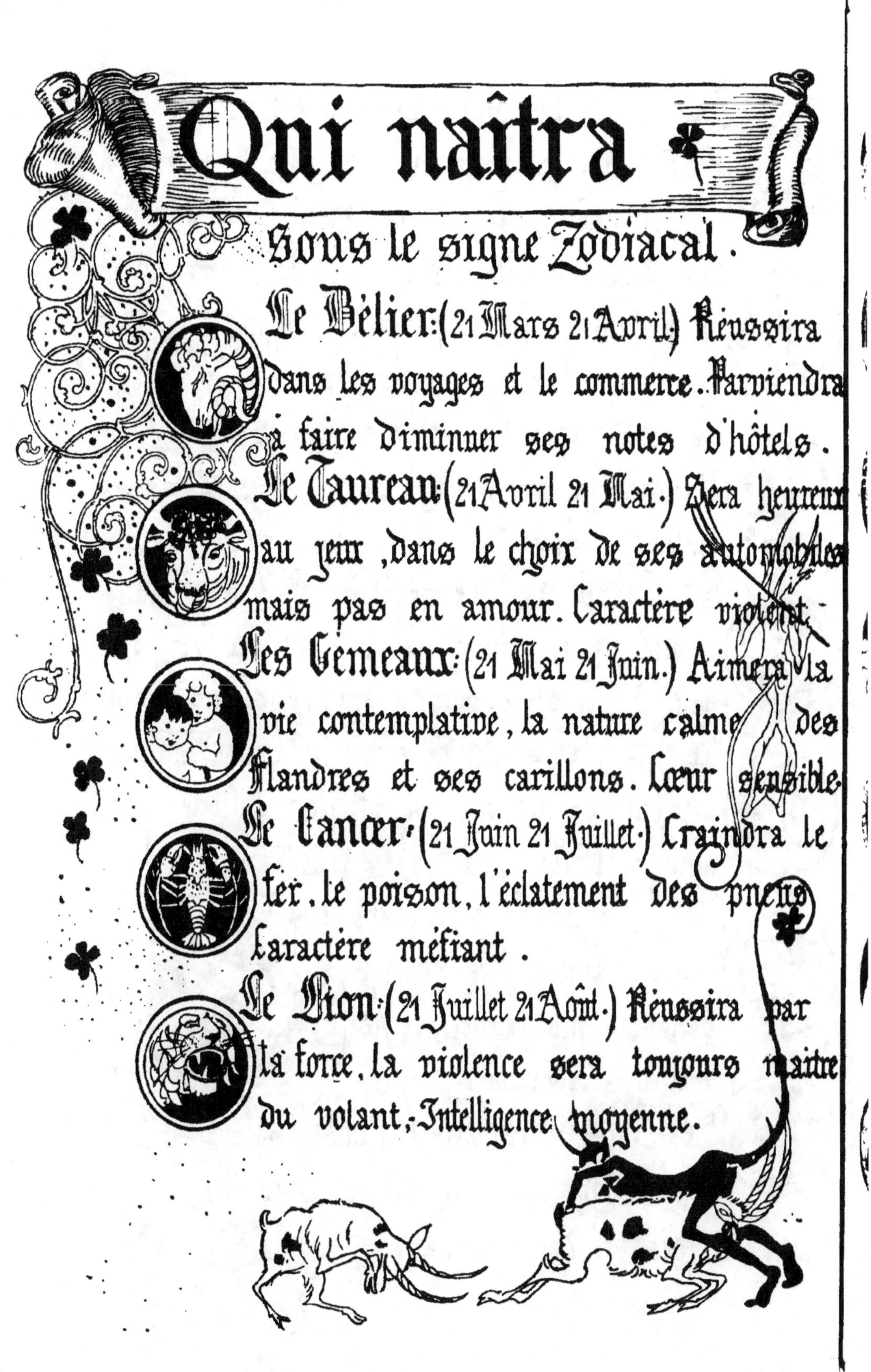

Qui naîtra

Sous le signe Zodiacal.

Le Bélier: (21 Mars 21 Avril) Réussira dans les voyages et le commerce. Parviendra à faire diminuer ses notes d'hôtels.

Le Taureau: (21 Avril 21 Mai) Sera heureux au jeux, dans le choix de ses automobiles mais pas en amour. Caractère violent.

Les Gémeaux: (21 Mai 21 Juin) Aimera la vie contemplative, la nature calme des Flandres et ses carillons. Cœur sensible.

Le Cancer: (21 Juin 21 Juillet) Craindra le fer, le poison, l'éclatement des pneus. Caractère méfiant.

Le Lion: (21 Juillet 21 Août) Réussira par la force, la violence sera toujours maître du volant. Intelligence moyenne.

La Vierge : (21 Août 21 Septembre) Caractère habile, bon diplomate ne dépassant jamais 40 à l'heure en auto, ne comptant que sur soi

La Balance : (21 Septembre 21 Octobre) Prédestiné à la fortune, esprit inventif, triomphera de toutes les pannes.- Cœur nul

Le Scorpion : (21 Octobre 21 Novembre) Malheureux en ménage ou tout genre d'association, n'aura de refuge que dans l'auto.

Le Sagittaire : (21 Novembre 21 Décembre) Nature robuste, tempérament calme, vaniteux, se suffisant à soi-même pourvu qu'il soit au volant.

Le Capricorne : (21 Décembre 21 Janvier) Nature capricieuse, heureux en affaires, infidèle en amour, fidèle aux "Brasier".

Le Verseau : (21 Janvier 21 février) Aura l'amour des voyages dans les montagnes et les pays accidentés.

Les Poissons : (21 février 21 Mars.) Esprit mystique, charitable, assoiffé d'idéal et de vitesse.

Le soir, les chats allument le phare de leurs yeux, et te narguent. Veille à tes phares, ils vont s'éteindre.

....

Si tu aperçois les pieds d'un homme endormi, ceci est l'indice que tu coucheras à la belle étoile.

....

Quand tu verras, retenu entre des fils, dits fils télégraphiques, le cerf-volant échappé des mains d'un petit enfant, songe aux choses qui te sont chères et que tu exposes, comme lui, au premier obstacle. ....

Lorsque tu aperçois une chouette, ne dis pas: "chouette!" parce que cette vilaine bête te veut plaies et bosses.

....

On voit parfois, sur les murs, de courtes inscriptions évoquant le souvenir de Waterloo; si tu en rencontres quelqu'une, réjouis-toi, car c'est la fortune qui s'annonce à toi, — mais ne la répète sous aucun prétexte.

....

Le vieux berger, à la face sillonnée de rides, qui est assis au bord de la route, appuyé sur son bâton de cornouiller, te regarde passer. Le blâme est au fond de ses yeux.

De quel péché aurais-tu à te repentir ? Le sais-tu ?

....

Si tu vois, émergeant des toits d'une usine, une grande cheminée qui vomit de la fumée noire, sois calme, réfléchis à tes paroles, car tu pourrais, toi ou l'un de tes amis, entrer dans une violente colère.

....

Un cheval pie vient-il à passer ? Réjouis-toi, car tu vas trouver un trésor; te viendra-t-il des hauteurs de l'éther, ou des entrailles de la terre ? Mystère ! Espère et attends.

....

Il n'est point nécessaire que ce soit un beau dimanche, pour que tu rencontres deux gendarmes, — la justice humaine court les routes tous les jours de la semaine. Quand tu verras ces deux représentants de l'Autorité, lève civilement ton chapeau, si tu ne veux pas avoir maille à partir avec Dame Thémis, leur patronne.

Il se peut que sur ton chemin tu aperçoives des amoureux. Ne les loue, ni ne les blâme. Songe que toi-même tu as peut-être dit ou écouté des propos semblables aux leurs, ou si tu ne l'as point fait, tu le feras sans doute demain. Et c'est la grâce que je te souhaite.

....

Une jeune femme dont les bras sont chargés de fleurs, sera pour toi une rencontre heureuse, car elle assure la réussite de tes desseins secrets.

....

Si un homme roux, portant deux seaux d'eau retenus dans un cerceau, se trouve sur ta route, prends bien garde que ta journée ne se termine par des larmes.

....

L'homme qui porte une faux est d'un triste présage ; il laisse toujours du vague à l'âme de l'auto, appelée moteur. C'est ce qui constitue " la panne ".

....

Lorsque tu croises un bossu, veille à tes bagages, tu pourrais en perdre quelqu'un, pendant la route ou à la prochaine halte.

....

Mené par une corde solide, le taureau s'avance lentement, son œil lance des éclairs ; lorsque tu le rencontreras, pince les lèvres, ne rougis pas ! cela le mettrait en colère.

....

Les nuages empruntent parfois des formes terrestres. Celui qui affecte la forme d'un dromadaire, doit être considéré comme le signe d'une trahison.

....

L'enseigne d'une auberge qui a perdu une de ses lettres (soit que l'eau l'ait effacée, ou que le vent l'ait fait choir), doit te rendre attentif à ne rien oublier en chemin.

....

Le cochon n'est point chose rare en voyage, mais celui qui porte une tache noire sur l'œil gauche, avertit l'automobiliste qu'il approche d'un tournant dangereux.

un Lundi : (sous l'influence de la

un Mardi : (sous l'influence cherchera

un Mercredi :

un Jeudi : (sous son

un Vendredi :

un Samedi :

un Dimanche :

de réussir en toutes choses son esprit sa sagacité sont

Ce sont là très véridiques enseignements, tirés de la science des plus grands astrologues de l'antiquité, et répandus dans tous les :: pays de la terre :: ::

lune) aura caprices et surprises.

de Mars) sera vaillant, belliqueux et
noise à qui le contrariera

(sous l'influence de Mercure) cherchera à faire de
bonnes affaires, voire des dupes ou sera volé.

l'influence de Jupiter) réussira ce qu'il entreprendra et
voyage sera fertile en découvertes.

(sous l'influence de Vénus) sera craintif, hésitant
et peut-être amoureux, heureux certainement.

(sous l'influence de Saturne,) sera sombre, réfléchi,
mais ira droit au but qu'il s'est proposé.

(sous l'influence du Soleil) est certain

et particuliérement dans celles où
en jeux.

Le ver luisant qui se [cache] dans
l'herbe, te dit en son langage :
— Foin des gaz, pétrole et autres
chandelles ! Je suis un type chic, je
me suis fait poser l'électricité.
Réponds-lui :
— Moi aussi, je suis un type chic,
puisque j'ai une automobile Brasier.

....

La poule qui se roule et s'ébroue
dans la poussière du chemin,
t'enseigne ceci : c'est qu'on prend
son plaisir où on le trouve —
mais toi, le trouveras-tu où tu le
cherches ?

....

Quand, d'aventure, tu longes le mur d'un
cimetière, méfie-toi. Tu pourrais rencontrer
qui tu voudrais voir
à cent lieues de toi.

....

Si tu rencontres des vaches,
ne souhaite pas trop bruyamment
leur mort... Ceci pourrait t'attirer une
contravention pour excès de vitesse.

....

Trois petites filles, dont une
blonde, se promenant à travers
champs, annoncent toujours une
rencontre agréable.

....

L'arbre tombé au travers d'un fossé,
symbolise pour toi l'obstacle imprévu.
Regarde de tous tes yeux ! Regarde ! et prie le Trèfle.

Regarde si le nom du village par lequel tu passes, commence par la même lettre que ton nom à toi ; si oui, redoute les coupures, écorchures et tous accidents de peau trouée.

....

Lorsque tu rencontres des maçons qui gâchent du plâtre, ceci te conseille : "Méfie-toi de gâcher, par des préoccupations d'ordre domestique, la sérénité de cette belle promenade".

....

Coucou ! Coucou ! répète le petit oiseau maigre. Es-tu certain, toi, chauffeur, d'avoir emporté suffisamment de graisse pour graisser ta machine ?

....

Un enterrement sur la route est signe de pluie et d'orage. Seul le Trèfle peut éloigner les nuages menaçants.

....

A l'heure crépusculaire, lorsque les grenouilles, rassemblées autour d'une mare, font leur prière du soir, ne crois pas qu'elles réclament un roi (que voudrais-tu qu'elles en fassent ?) Elles te disent : réfléchis à ce que tu vas dire, ce sera peut-être une bêtise.

....

Si tu croises, ou si tu dépasses une noce gaie, chantante, sache qu'un des morceaux de caoutchouc qui enveloppent tes roues, et qui se nomment pneumatiques, se fendra avec fracas.

Supplique

O, toi qui lis ce livre, fais une....... invocation au.......... Trèfle à quatre feuilles par pitié pour celui qui l'a écrit et en a fait.... les peintures et images,... puis une autre invoca-tion pour celui qui l'a imprime. et puis une enfin pour la société des automobiles Brasier....

faisant vœu de ne jamais voyager que dans ses voitures, sous la protection du trèfle a quatre feuilles Après quoi, s'il te plait, tu invo--queras le trèfle à quatre feuilles à la pensée de qui tu aimes

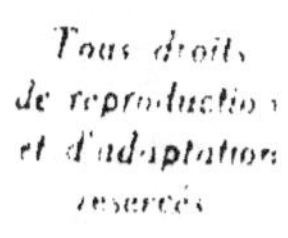

Imp. Draeger frères

Montrouge.